KB206707

작은숲시선 044

격렬하고 비열하게

2024년 11월 4일 제1판 제1쇄 발행

지은이	강병철
펴낸이	강봉구

펴낸곳	도서출판 작은숲
등록번호	제406-2013-000081호
주소	경기도 파주시 와석순환로 307, 1107-101
전화	070-4067-8560
팩스	0505-499-8560
홈페이지	http://www.littleforestpublish.co.kr
이메일	littlef2010@naver.com

ⓒ 강병철

ISBN 979-11-6035-159-0 03810
값은 뒤표지에 있습니다.

작은숲시선 044

강병철 시집

격렬하고 비열하게

격렬하고
비열하게

작은숲

| 차례 |

1부

2부

3부

4부

1부

해당화

고두리 바다 낚시질 가던 사내
조개잡이 열아홉 여인과
갯벌 외길 비켜서다 맨살 스쳤네
실오라기 안부도 나누지 못한
그 사내, 새도록 막걸리 사발에 담그고
그 아낙, 새도록 뜨개질에 빠지던
격렬비열도 은밀한 사연
심장박동 누를수록 빨갛게 사무치는

남매

저무는 토방 송홧가루 분분하더니
소꿉 밥상 더 풍성해졌다
썩은 이빨 펜치로 당기니
벌레 하나 쏙 빠져 시원해진 누이
오라비 이맛살 비비며
조가비에 올린 쇠비름 반찬
봄바람 채워지던 그 눈빛보다
더 훗훗한 사랑 없으니
그 남매 전생의 부부가 확실하다
벌어진 상처 흙먼지 채워
흐르던 피 멈췄다며
방싯방싯 흔들리는 옴팡집 햇살

거문여*

다섯 살 소년 낚싯대 내린 검바위

도시락 품고 기다리는 누이

구들장 데우던 어미의 부뚜막

남매의 오솔길에 엎드려 손바닥 고르는

가지 마요

할머니 가랑이로 여름방학 보내고
드디어 개학, 소재지 신작로 차부
완행버스 타고 떠난다
빠이빠이 손 흔드는 적삼 그림자
후타탁 뛰어내린 여덟 살 손자
죽어도 못 가요
치마꼬리 꺼이꺼이 매달리며
저고리 당기자 뚝뚝 떨어지는
할머니 눈물 아, 살았다
할머니도 우는구나 안도하며
막차 동행, 집에 돌아와
풀 자루 젖가슴 만지며 낮잠에 빠지던

마룡저수지

당장 나가라 논문서 날린 아부지

작대기 피해 사립문 뛰쳐나온 열다섯이다 '투전판 그만 가라구유' 씨헐씨헐 오솔길 치달리며 흔들리는 물결, 소년의 심장처럼 늦가을 하늘 울멍울멍 받치는 중이다 수직의 중천으로 대열 이루는 기러기 그림자 거꾸로 날개 치는

시퍼런 물결이다 사춘기 은유 '내 마음의 호수' 떠올리며 그 저수지 호수로 호명할 때마다 짙은 녹색 가라앉는다 고추잠자리 보금자리였다가 뭉게구름 유리 거울 되었다가 풍덩 빠지고 싶은 어미의 젖가슴으로 변신한다 마개 없는 박카스 병과 끈 떨어진 슬리퍼 딸려 나오는 건 눈 감았는데

순자 누나 떠오르면 숨이 막힌다 보리피리 불어주던 열여덟 누나, 동갑내기 외사촌 종구 형과 자정까지 민화투만 쳤다는데 아차, 달거리 끊긴 것이다 그믐날 자정 칡넝쿨에

돌멩이 매달고 뛰어내렸으니 내가 빌려준 『날개 없는 천
사』 받을 길도 막막하다 둔치로 휘날리는 대궁 보며 억새
인가 갈대인가 헷갈리는 이유이다

보름달

　고추 떼먹자
　손가락 들어오면 가랑이 벌려주던 네 살 눈빛 바라보
며 '고습다, 고스워' 입술 오물거리는 그 할매 한쪽 눈 잃은
백태 속으로 손주 놈 까마중 눈동자 댕그랑댕그랑 출렁였
던가 눌은밥 그릇 뚝딱 치우고 숭늉도 한 사발 비우더니

　아이고, 또 그 애기다
　열아홉 꽃가마 다랑이 들어서는데 서너 살 남매 둘이
'새엄마 시집왔다' 깡충깡충 매달리니 그예 품에 거뒀단
다 그미의 새 핏줄까지 일곱 자식 키우느라 흰 빨래 희
게 빨고 검은 빨래 검게 빨았다 자투리 생강밭 호미질하던
나이 오십에 '숨이 가뻐' 가슴 누르다가

　감았던 눈꺼풀 다시는 뜨지 않았다 광목에 둘둘 싸인 시
신 앞에 서서 '이게 뭐야' 발바닥으로 툭툭 차다가 밀려난
기억 가물가물하다 농투성이 사내들 새도록 초상집 민화

투에 빠지는데 손주 혼자 저승길 주전부리로 뭔가 주고 싶
은 것이다 가위 든 채 고추 자르려는 도비산 너머 보름달
하나 둥두렷이 떴는데

소쩍새

구순九旬 할배 혼자 골방에 남기고
만국박람회 구경 간 방앗간 내외
다섯 남매 식솔까지 떠난
텅 빈 기와집
밥뜨개*로 건너온 순자야
늙은 할배 남긴 밥 먹기 싫어
지린내 고쟁이 빠는 게 죽어도 싫어
배롱나무 흔들며 소쩍소쩍
미리 받은 20원 훌쩍훌쩍 꼬깃거리며

* 밥해 주는 여자, 충남 서산 사투리

첫사랑

막걸리 주전자 든 순이, 양조장 모퉁이에 막혀
보이지 않았다네 외길 신작로 커브 돌던
자전거 소년 아주 우연히 만난
여자반 동급생 흩날리는
치마꼬리 뒷모습에 조심조심
따르릉따르릉 벨도 누르지 못하고
느리게 느리게 페달 구르다가
그림자 밟으며 터지는 비명
급브레이크 소년은 논두렁에 구르고
놀란 소녀 곤두박질치면서도
주전자 세워 막걸리 무사했으나
아뿔싸, 새하얀 종아리 홀러덩 드러났네
일으키지 못하고 민망하게 달아오르던
배추 뿌리 뽑아낸 벌판
그 초겨울 억새꽃 허허롭게 흩날리는

외조모 박공희 傳

열아홉 꽃가마 둥지 튼 외조모, 뜬돌 고개 봄날 넘으실 때 어린 몸종 둘 끌고 온 아산 갑부 귀한 여식이다 부엌 치다꺼리와 새댁 머리카락 빗겨주는 역할 따로따로 맡겼으니, 잘생긴 그 사내 얼굴 보며 평생 몸치장 부리는 팔자로 알았는데

천석지기 장남 그 사내
양은 냄비 공장과 청주淸酒 사업 벌이는 족족 말아먹더니 풍비박산 났단다 새댁네 몸종 모두 떠났고 초가삼간 하나 달랑 남아 농투성이 박공희 아낙네로 변신할 줄 차마 몰랐는데

사내는 한량 기질 버리지 못했다 후리늘씬 금테 안경 자전거로 치달릴 때마다 밭매던 아낙들 숨이 막혔단다 이른 봄에 만주 벌판, 가을에는 현해탄 오사카 넘나들며 나머지 밑천 또 날린 그 사내, 아주 가끔 집에 들러 머무르더니

여덟 남매 생산했으니 천하장사 체질인데

　이상하다 아내와 어린 피붙이 모두 밭매기 호미질로 정
신없는데 왜 외조부 혼자 『엄마 찾아 삼만 리』 서정성 문
장에 하염없이 빠지는 것일까

　빠른 일곱 살 외손주 1963년

　저수지 꺾어지는 하굣길 그 초가집, 외조모 혼자 호미질
하는 풍경이다 '뼁철이 코두 안 흘린당' 단꿀 뚝뚝 떨구던
눈빛 어느 남루^{襤褸} 진하게 배인 걸까, 다시 사립문 넘을 때
도 코밑 헐도록 닦겠다고 다짐은 하는데

장학사 오던 날

　파란 실오라기 몇 점 굴뚝 너머 피어오른다 남은 생선 두어 개 챙겨 사립문 연 아비, 솜 잠바 툴툴 털 때마다 쏟아지던 비린내 익숙하다 집 나간 어미 돌아오지 않아도 오늘 하루 무사히 끝나긴 하겠지만

　해 뜨기 전에 생선 궤짝 올려야 학교 간다 경부선과 호남선 갈라지는 '역전 상회' 골목으로 리어카 도착했으니, 장학사야 오든 말든 일손부터 보태야 한다 명태 상자 쟁이자마자 등굣길 달렸으나 또 지각이다 토끼뜀 뛸 때마다 쏟아지는 햇살

　새마을 과장 마이크 잡더니,
　손님 오시는 날입니다 운동장에 얼씬 말아요 왜정 때는 퇴비장 땅콩도 주위 먹었어요 신발장도 백화점 진열장처럼 반짝반짝 변신시키세홋 장대 휘두를 때마다 탑새기처럼 떨어지는 느티나무 이파리, 그 사이로 나타나는 푸

른 하늘빛

학습 목표 적다가, 갸우뚱 바라보던 2대8 가르마 스승
'너는 창고에 숨어라 비린내 풍겨서'
조개탄 창고 동화책에 빠지면서 더 편안해졌으니 안심
이다

인당수에 빠진 심청이 떠올리며 훌쩍훌쩍 울던 소년,
깜빡 잠들었다 깨어나니 이제 고요, 고요하게 아무도 없
다 습하게 피어오르는 판자 냄새 아늑해서 조금 더 늘어
지게 쉬었던가 이제는 아비의 생선 궤짝 찾으러 가는 늦
가을이다

고두리 가는 길

지아비 떠나고 천수답 놓치더니
너도 죽고 나도 죽자
적돌만 파도로 등허리 매달린 네 살 소년
즈이 엄니 귀 잡아당기며

집에 가자, 신발이 안 뵌당께
화들짝 놀란 과부댁, 그래 조금 더 살아보자
늦여름 갯바닥 해는 지고 눅눅한데

나 이제 창자가 끊어지게 고파두
밥 달란 말 안 할 거여
보리밥 얻어 동생들 주린 배 채워줄 거여
이슬 젖은 눈동자 그렁그렁 세월 흘러서

울타리 있는 집에서 살고 싶어
아카시아 꽂고 물도 주더니
뿌리털 내려 담장처럼 무성하다

마침내 희망이란 호롱불 떠올리다가

빨리 어른이 되면
시멘트 담벼락 세우고 살아갈 참이다
노름은 절대 금지이며 술 담배 손도 안 댄다
뽀드득뽀드득 어금니 갈며 헌책 위에 엎드려
키도 크고 고추도 쬐끔 더 컸는데

입학금 꾸러 고개 넘어간 어미
저무는 사립문 열릴 때마다 소년의 두 뺨으로
겨울밤 달빛 하염없이 서린다
저 멀리 초승달 보며
희망의 가슴 보일까 말까 두근대는 졸업반이다

삼봉이발소 _{하나}

신작로 맞장으로 지서에 끌려간 아버지
그 봉구네 세 살 터울 동생
봉 자字 돌림 아홉 살 봉락이
구구단 나머지 공부하더니
지금은 추석맞이 이발소 손님이다
사내 동생 박박머리 뒤통수 그 너머
파란 액자로 걸린 푸시킨 문장
생활이 그대를 속일지라도
아, 첫 문장부터 아리고 시리다
슬프거나 노여워 말라는 저 아득한 잠언箴言
학급비 없어 매 맞는 건 싫어
꺼이꺼이 울던 핏줄 떠올리던 열두 살
서러움 가고 기쁜 날 오려면
세월이 빨리 흘러야 한다
졸업만 하면 성북동 냉동공장
소년공 취업으로 돈 모아야겠다

자 이제 형님 봉구 머리 깎을 차례이다

삼봉이발소 둘

연탄난로 혓바닥 후룽후룽 바리깡 소독
정수리 밀어도 기계총 전염 없다면서도
장기판 곁눈질만큼은 놓치지 않는다
평상의 소용돌이 장돌뱅이들
정오의 햇살로 몽실몽실 모여
마馬장 쳤으니 외통수 틀림없다
절름발이 이발사 훈수 두려는 찰나
상像길유, 고개 돌리다가
머리 뜯긴 그 소년 눈동자 사이로
번쩍 들어온 이발소 액자
어미 돼지 퉁퉁 불은 젖꼭지
꿀꿀대던 여덟 마리 새끼 돼지들
해바라기로 피어오르는 붉은 태양

초승달

집 나간 사내 달포 넘도록
소식 없이 저무는 안마당
오지 않는 막차 기다리고
기다리다 회색빛 하루 덮이더니
박꽃 한 송이
초가지붕 너머 덩그러니 오르는데

맏딸

네까짓 게 판검사가 될 거냐
할머니 핀잔 등허리 지고
포대기 두른 채 글자 수 맞추는
그 행복 놓치지 않으려 했으나
동화 나라 소녀들은 모두 외동딸
얼굴도 모르는 왕자님 만나
온 나라 혼인 잔치 벌이는
안개나라 사연 꿈꾼 적 없다
나도 신데렐라처럼 외동딸이라면
몽실언니처럼 동생이 딱 두 명이라면
동화책 실컷 읽었을 거야
포대기 엎고 끄떡끄떡 졸다가
이마빡 '딱' 때리는 봄바람
사월의 눈시울 물씬물씬 젖는다

쌀두개꽃

꿈속에서라도 실컷 먹어야지
허우적거리다 깨어난 새벽

참새도 쫓고
수챗구멍 주둥이 내미는 생쥐들
햇살 들면 구멍 뚫린다
쌀 멍석 지키라는
어미의 당부 잊은 채

배고프다, 딱 한 알
이빨에 끼우니
살살 녹는 생쌀 단맛
또 한 톨 입술로 들어가는 찰나

나쁜 년, 주인집 바칠 쌀인데
불꽃 하나 번쩍

몽둥이에 쓰러진
아홉 살 소녀 친딸이 맞다

배가 고팠어요
입에 넣은 건 쌀알 두 개뿐
쌀 두우 - 개
맺지 못한 소리로 숨 멈춘

그미의 계모 아니고
며느리는 더더욱 아니므로
며느리밥풀꽃 박박 지우고
이 세상에서 가장 아픈 이름
'쌀두개꽃'으로 작명하더니

창고 문짝 열었어요
사과나 곶감 궤짝

개에게 먹일 명태 쌓였으니
몽땅 가져가세요

소녀는 분홍빛 치마
꽃마차 몰고 오던 잘생긴 왕자
혼인 잔치 안마당 직전
찬 바람 몰아쳐 모두 날아가더니

두 톨 쌀알 아스라한 그림자
파랗고 빨갛게 흔들리며

2부

담배의 이력

밥상 물리자마자 곰방대 불붙이던
부친의 습벽에 익숙했으나
스무 살 도덕성으로 차단했다
먼저 조숙했던 흡연 벗들
초로 직전 하나씩 돌변하더니
아직도 피우냐며 어리둥절 표정이다

그의 첫 등장은 괜찮은 포즈였다
고속버스에서 성냥불 붙이거나
시내버스나 야간열차
영화 상영 중에도 홀홀 날렸다
새벽 교무실에 몰려온 여학생들
총각 선생 재떨이 뒤집어
물기 말리면 반짝반짝 빛도 났다

수사반장이나 우묵배미의 사랑

비 내리는 홍대 입구 러브스토리까지
연기 날리는 배경 정당했으나
지금은 다르다 기형아나 발기부전 경고
뜬 눈으로 손등 찍는다

터미널에서 20분 떨어진
흡연 구역, 가래침 더께 위로 연기 날리면
이슬처럼 영롱한 생머리 소녀들
맞담배 뿜으며 키득대고 있다

산호랑나비 애벌레

중장비 출장 떠난 아비, 지금은 텅 빈 날맹이로 고요, 고
요하다 장대비 멈추자마자 매운 햇발 콕콕 찍어대던 여름
날, 이 산 저 언덕 초록빛 지천인데

산호랑나비 애벌레
손가락 굵기로 나타나 꽃대궁 중간 마디 끈끈이 접착제
로 붙어있다 시퍼런 독 천남성 사약으로 펄펄 달여 장희
빈 목숨 끊더니 마침내 자짓빛 투구꽃 이파리 빨며 생명
연장하는데

엄마, 보리 감자 먹어도 되나요?
저 언덕 넘었더니 더 가파른 바위산으로 콱 막혔답니다
묵정밭 매며 열심히 사신 게 맞긴 하지요? 모자母子의 가난
훔치며 푸른 이파리로 매달리다가

번데기 갑옷 덮어씌운 고치 야광등으로 매달며 피어오

를 준비 작업 달궁달궁 마쳤다 호랑나비 비상飛上의 칠월
언덕 초록 보자기 수행의 늦여름이다

어부동 가는 길

새털구름 잠긴 그 징검다리
생머리 풀꽃 소녀
물찬 숭어 종아리
윤슬 그림자
파란 비늘로 흔들리는데
자전거 끌던 사내
돌다리 건너다가 딱 걸렸다
오가지 못하는 복판에 서서

열네 살, 종로

사랑의 매타작 터지면 야간 학교 형광등 움찔거렸다 물상님 솥뚜껑 손바닥 지시대로 45도 볼 냅다 젖혔다 힘이 빠지면 칠판 지우개로 바꿔 날리던 1969년 스승들

이끌어주시는 분 우리 선생님
음악 스승의 지휘봉 변성기 탁음으로 또 걸렸다 아아 고마워라 스승의 살롱, '사랑'을 '살롱'으로 바꿨으니 맞아도 싸다며 손가락 V 자로 키득대던

럭비공 청춘들 숙명 학교 담벼락 향해 휘파람 불었다 학생회장 당선만 되면 저 금단의 벽 허물고 오작교 세웁니다 기호 2번 빅토리 공약에 우우, 표 모아주던 기세로 '3선개헌 반대' 스크럼 뒤따라 광화문 출정도 다녔으나

밤꽃 피는 유월 늦은 여섯 시, 반백 년 지난 종로통 동창회 대기 중이다 초로의 삭신들 오그르르 모여 '아직 마실 만하네' 여유도 부릴 참이다

첫눈 하나

고등어 한 손 자전거 짐받이에 매달자
희끗희끗 피어오르는 굴뚝 연기
갑자기 커지던 먼지 몇 점
차가운 기침으로 얼굴 때리더니
눈송이다 돌아가신 당숙
상여 메던 그 첫눈
짐 벗고 훌훌 떠나라는 그 말씀
자작나무 마파람 소리로 더듬다가
페달 구른다
목덜미 차갑게 얹히던
그 서린 기운이구나, *끄떡거리며*

첫눈 둘

바지게 끄트머리 막걸리 두 병
지게 목발 장단으로 서낭당 내려오다가
털보 아저씨 초가집 마당
딱 하나 남은 조선의 홍시
초겨울 감나무 아래
고무신 툭툭 털던 맨발바닥
콧등으로 떨어져 입술에 걸리던
눈발 하나 울렁울렁 받아먹으며

마룻장 소리

마늘 빚 못 받고 막차까지 놓쳐
텅 빈 차부에 망연자실
여섯 살 아들 삼십 리 걸을 수 없어
손 비비며 들어간 여인숙
온몸 가려워 잠 오지 않는데
자정 너머 삐끄덕 마룻장 소리
풋살구 연인들 옆방 열면서
깨꽃 같은 신음 소리
아홉 살 아들 토끼 눈 뜨고
여자가 왜 운대유
늙은 아비 풍년초 연기 날리면
초가을 들국화 뿌리 내리는 소리

꾀꼬리

순임이 아버지 주태백 선수
막걸리 마시다 큰딸 호적 놓쳤다는
그 소문 확실하다 세 살 터울 순이 언니와
같은 날 호적 올리더니 어럽쇼
두 자매 이름 바뀌어도 천하태평이더니
오늘은 열여섯 졸업반 신체검사다
저울 들던 담임님 갸웃갸웃
체육복 소녀 가슴 빠드름히 보며
네가 동급생보다 세 살 많구나
어째 키가 작아도 성숙해 보이더라
깜짝 놀란 순임이 양팔로 가린 채
발갛게 달아오른 두 뺨
살구나무 날개 치는 꾀꼬리 한 마리

당재골 이장님

울보 소년 달래려 고추전 건네던 손바닥 부뚜막처럼 따뜻했다 눈썰매 밀던 가분수 아저씨 발걸음 소리 흥부의 가슴으로 든든하더니

십 년 홀아비 사연은 나중에 안 얘기다 쌀 열 가마에 들여왔다는 두 번째 여자 보름 만에 또 꼬리 감췄다나, 빨래터에 모인 아낙들 수다 떨다가 힐끔힐끔 망을 보았고

거문여 해루질 출행 전
어금니로 낚싯줄 끊어 병아리장 신우대 엮으니 봄나들이 뿡뿡뿡 노란 개나리 아스라하다 갈마리 역사상 첫 독신 이장 되어 진둠병 공구리 다리도 끌어오더니

내 나이 스물두 살
체육관 대통령 뽑는 오픈 게임 통일주체대의원 선거가 첫 투표다 마감 30분 전에 도착하니 부지런한 이장님 '내

가 찍어줬으, 흐흐흐' 고백으로 방긋방긋 웃었는데

눈사람 사라진 자리로 노란 새순 또 쭉쭉 뻗는다 병아
리장 만들고 방패연 띄워주던 만능 이장님 보이지 않고 옴
팡집만 남았다 장다리 하얀 꽃잎 하늘로 번지며 조선무 씨
앗 틔우던 사월

혼자

서리 모의 동무들 밤송이 까던 찰나 '누구얏' 외마디로 숨은 그림 되었다 이슬 치는 발자국 소리에 '나 혼자닷' 처음 알던 다섯 살이다 털북숭이 산지기 아저씨 알밤 몇 개 넣어주던 반전도 있었고

말벌 소굴 폭발 준비하는 악동들에게, 겁쟁이 소년 '안 됏' 외치기 직전 돌멩이 서너 개 날아갔으니 이미 쑤셔놓은 벌집이다 나이롱 잠바 뒤집어쓴 칭구들 도망치고 나 혼자 울퉁불퉁 기어왔다 외로워도 힘이 된다며 시근 덕대던

야간 학교 키 작은 중딩 시절,
상급반 다구리 맞으면 핏자국 콧등 닦아주던 맑은 벗 정다운 사연도 있긴 했다 하굣길 그림자 휘청이던 원효로 골목에서 '강철 같은 우정' 새끼손가락 결의로 혼자를 벗어나던

추워요 꼭 껴안아 주세요 행복해요

『별들의 고향』스무 살이 감성의 끝판인 줄만 알았다 목
로집 낮술에 취해 '경아가 불쌍해' 훌쩍이던 장발족 멘탈의
진정성 지금도 헷갈리는데

87년 늦봄 기우는 젊음

안산 공단 여성동지 찾다가, 무릎 꿇린 대학생 군홧발에
밟히는 스크린 만나는 찰나 '때리지 마' 외치다가 최루탄에
쓰러져 눈물 쏟던 아스팔트 그림자

처다만 봐도 배부르던 아들딸 포만감도 칼바람 불 때
마다 나목裸木으로 흔들렸다 미루나무 까치집 둥우리 한
채 '힘들게 살아야지' 결핍의 운명 다지다가 등이 굽었다
그래도 열심히 산 게 맞긴 한데

반딧불이의 묘*

드롭스, 드로프스

네 살 누이 춤사위 가물가물하다 피난소 나무판자 구더
기 품으며 하늘로 떠난 어미의 사연도 반딧불에 취해 까
맣게 잊었으니 우선은 괜찮다 부은 팔뚝 보듬는 우산 속
으로 폴랑폴랑 들어오던 누이의 단맛, 포연砲煙까지 다독
다독 쓰다듬는데

반자이, 천황폐하

일본이 이기고 세계를 먹는다, 황국의 청춘 모가지 밀어
넣는 강퍅한 명령이다 거대한 항공모함 굴뚝으로 자폭 명
령받은 가미카제들 결의의 술잔 받지만

열네 살 세이타는 다르다 공습의 피란민 역방향으로 치
달리는 생존 타법 몸에 익히더니 주인 없는 부뚜막 고봉밥

* 일본 애니메이션, 다카하타 이사오 감독

으로 주린 배 채우자마자 푸하하, 비단옷, 쌀자루 훔치는
오라비에게 윤리의 조건 묻지 말아야 하는데

　반딧불은 '창문의 눈ㅂ'이야
　불빛 이름 짓던 동굴의 삶도 아주 잠깐 행복했다 남매의
오줌 줄기 깊어가는 밤 풍경 너머 전쟁터 나간 아비 돌아
오지 않고, 마침내 누이도 눈 감으니

　화창한 날씨로 활활 타겠구나
　하늘나라 열차 편도片道 티켓이니 훌훌 털고 잘 가라 세
츠코, 패전국 지하도 계단으로 뒹구는 알사탕 깡통 떠올
리며

원추리꽃

피혁공장 경아가 바람 놓았네
실연당한 대학생 전신주로 기다리던
공단의 퇴근길, 가을비 내리는
버드내 끄트머리 게딱지 판자촌
도마동 담벼락 젖은 몸
교련복 사내 굽은 등으로
기다리고 기다리다 마침내 보았네
봇물처럼 쏟아지는 여공 행렬
작업복 윗도리 열아홉 소녀
좁은 어깨로 빗방울 미끌미끌 쏟아지네
쨍그랑쨍그랑 유리창 깨지는 소리
껴안은 채 유등천 돌던
그 사내, 대학노트 다섯 장 빽빽한 사연
달리는 기차 바퀴에 날렸던가
잔업 가죽 자르던 그 소녀
자투리 정돈으로 놓쳤을 거야

자취방 자물쇠 닫혀서
문고리 잡고 발 굴렀을 거야
이해하고 이해한다며 헛배 문지르며
겨울이 빨리 오면 눈사람 되고 싶다며
밤안개 하염없이 바라볼 때마다
흔들리며 피어나는 자줏빛 원추리꽃

예순일곱 동창회

토끼뜀 마치며 체벌 스승께 '재건합시다' 감사 인사 드
렸다 '때 검사' 불합격 받은 까마귀 남녀 새싹들 장검천 개
울 양쪽으로 나누어 박박 문지르던

그해 졸업생 180명이었다가 동생 강병준 때는 210, 일
곱 살 어린 여동생 강병선 때는 230으로 팅팅 불어 '둘만
낳아 잘 키우자' 슬로건으로 정관 수술 메스 대면 예비군
훈련도 빼주던

그 세월, 자본주의 불안한 약진으로 흐르더니 2022년
졸업생 4명에 딱 한 명만 입학했단다 '나 홀로 입학' 선
서에 기말고사마다 전교 1등이라며 저물도록 수다 떨더니

저녁상 차림 분주한 여자의 일생
동창회 연장으로 안쓰럽다 파도리 노을로 안부 나누는
남정네 건너편으로 늙은 여사친들 닦고 나르며 밥상 만드
는데, 강 선생과 한두 사내 손품 팔았다고 치고

죽은 벗님 스물넷

　　나머지 한량들도 술 담배 끊으며 살얼음판 대비하는데 잔당 몇몇 어슬렁어슬렁 흡연 눈치 보던 일박一泊이다 장지문 저쪽 늙은 소녀들 숨소리 듣는 낭만 새근새근 있었고

　　보름쯤 지나 선물 한 부대 빈 가슴 꽉 채웠다 갈마리 토박이가 보낸 '천수만 간척지 쌀' 쳐다만 봐도 배가 부르다 흥부네 박 덩이 택배 날아오니, 사내 동창 예순넷 중 트랙터 사나이 이덕준이 가장 잘생긴 게 확실하다

예순여덟 동창회

김일 선수 박치기와 탄자니아 오랑우탄
밀림 맞짱에서 누가 코피 터질까
발가숭이 토론 뒤로 남기고
졸업장 하나로 뿔뿔이 흩어져
선반 공장 소년공으로 자지까지고
목재소 배달 소년에서 사장으로 변신한
칡넝쿨 마디진 반백 년 스크린
등허리 굽고 잇몸 벌어지면서
짝사랑 그미 머리카락 서릿발 내리더니
그 옛날 전나무 울타리 포장 아래로
모였으니 쌍오 년도 더 지났다
천막 그늘 베지밀 빨대 빨다가
맹인 가수 이용복 줄리아 통기타에 맞춰
곰돌이 인형 통통 춤 날리더니
벌써 지쳤구나 막걸리 몇 사발로도
너무 쉽게 꺾어지는 초로의 사연
불씨 지펴 활활 다시 태우고 싶다며

깨밭 베던 조선낫 몰래 갈아보면서

예순아홉 가을

컴퓨터 마우스 하나 잃어버리고
흐려진 멘탈로 노여워 말자
다시 방문한 카페 탁자
쥐구멍에 숨었던 소도구
이틀 만에 상봉했으니 괜찮다, 아직은
쓸만한 몸이니 마시고 피워도 된다
가스 불 놓치고 냄비를 태우거나
수저통에 칫솔 꽂고 허둥대거나
뚜껑 연 채 외출하는 바람에
허연 뱃살 드러낸 전기밥솥까지
세월의 순리에 적응하는 중이다
완벽하지 말아야 한다
이따금 흘리고 더러는 놓치는
연륜의 법칙 받들어야 한다
지갑도 흘리고 버스 시간 놓쳐야 한다
불탄 냄비는 철수세미로 뽀송뽀송 닦았고

칫솔과 마우스도 두 개씩 늘어나면서
초로의 몸이 더 상큼해졌다
몸이 쇠할수록 맷집이 단단해진다

3부

새들은 왜

승용차 앞 유리만 겨냥해 똥 쏘는 것일까
파발 없이 달리는 기러기 행렬이나
전깃줄 서커스 참새 떼까지
공복의 사냥 기술 비슷하다
맑은 물 송사리나 감나무 자벌레
논두렁 곡물 한 알까지 꿀떡 삼키더니
식도 거쳐 내장 한 바퀴
먹잇감 순환으로 다가온 종착역
날개 주행 그대로 배설 낙하
액체 파편 물컹 터친 다음
뙤약볕 된서리로 견고한 고체로 변신
출정 직전 유리창 더께 닦으며
천천히 가라는 경고장이다

꽃 피는 부지깽이

8부 능선 오르던 사내 구두끈 매다가
엇, 어느새 꼭대기까지 온 거지
오늘이 무슨 요일이더라
등허리 굽힐 때마다 흔들리는 숫자판
이상하다 수십 년 전 사연은 성성한데
어제 먹은 반찬 까맣게 지워진다
가스 불 켜고 나왔나
넘치는 수도꼭지 잠그며 안도하다가
안경 찾느라 수납장 헤집다가
코에 걸친 돋보기 만지는 건망 사태
아주 가끔 벽장의 아내와
등짐 정돈하는 안도감도 있긴 했다
길밖에 보이지 않던 세월 흐르고
벌판의 꽃들 시나브로 예뻐지면서
후미진 골목 찾아 씨앗 뿌리던
지난한 이력, 견딜 만하니 잘 산 거야
부지깽이 꽃 피울 다짐 주먹 쥐면서

사쿠라 보고 싶다

요양원 박 노인

복숭아 과수원 노랗고 붉은 추억 아스라하다 사월의 햇살 저 멀리 꽃 잔치 둥둥 떠오르는 신산辛酸한 언덕바지 9학년 1반

밍크고래요

들또부 '보따리 장수'의 충청도 사투리

장수 자유당 시국 젊은 풍광도 붙박이로 움직이지 않는다 하루치 일당 헤아리던 툇마루 아가위 눈망울, 반백 년 훌쩍 지나고

호수공원 벚꽃 둘레길 경로당 벗이 '할머닌 어디 두고 혼자요?' 그 안부 아슴아슴하다 버드나무 새순 파안대소하던 푸릇한 연륜 떠나간 동반자 물수제비로 흘리다가, 문득

사쿠라 보고 싶다

그 문장 설레설레 떨쳐낸다 돌아오지 않는 기다림도 숙
명이라며 가슴 깊이 감추던 지팡이 손목 쥐면서

능소화 요양원

아버지는 마지막 날까지 반듯했다
간병인이 들고 온 식기
나는 당뇨야, 흰쌀밥은 안 돼
잡곡밥으로 교환한 다음
냉수 한 사발 깨끗이 비우시고
고즈넉이 떠나셨다
밤 아홉 시부터 새벽 여명까지
지켜주는 목소리 없었으므로
유언장 남기지 못한
진한 고독으로 작별하니
93세 호상으로 자, 손님맞이다

대전발 새벽 열차

- 요양병원 461일

신문사 출판부 임시직, 월요일 새벽 대전발 열차 영등포 도착해야 밥그릇 놓치지 않는다 신호등 건너 여의도 시내버스 갈아탔다가 금요일 밤차로 돌아와 3박 4일 보내고 또 신새벽 서두르며 동가식서가숙 서른두 살

아무 신발이나 구겨 신은 출행 불편한 감각 없이 비몽사몽 개찰구 줄 서는데 '철아' 새벽 택시로 대전역 날아오신 어머니, 아들의 발바닥 맨살 바꿔 주실 때 비로소 아버지 구두임을 알았다 그렇게 서울행 열차로 헤어지던

잰걸음 어디로 사라지고 삭은 나무로 누워 계시나요 어머니 이젠 신발 안 바꿔 주나요?, 구두끈 당기며 치근대는 늦가을인데

더운밥 올리고 싶어서

- 요양병원 601일

하느님 이제 모셔 가세요
살 떨리는 기도
후회의 날 오는 것 안다
콧구멍 생명줄 연장으로
봄가을 되풀이 601일 95세
코로나 빗장 풀리는
늦가을 포박으로 또 등장하시니
단 15분 만입니다
벙어리장갑 풀어드리자
흐느적흐느적 해파리 화법으로
빙의처럼 실토하는 것이다
쫓겨나면 안 된다
길 막을 때 고함치던
아들의 그 영상 아프게 소환하더니
가정을 버려야 나라가 산다며
어깃장 부리던 업보에 묶여

바람과 햇살 석고처럼 굳는다
몸 팔아 더운밥 올리고 싶은 가을이다

격렬하고 비열하게

- 요양병원 667일

요양병원 늙은 갈대
최선의 공격은 침묵이다
상큼한 생의 마지막 벼렸으나
의학의 이기심 버틸 수 없어서

순종하는 여자의 일생
몸 팔아 낮은 자리
투명 인간 스스로 자처하던
그 결정적 오발탄

신문 보는 사내 마루턱에서
과도로 발바닥 더께 긁어 주었다
나날이 몸피 작아지면서
미안하다, 그 언어 달고 살면서
쌀 한 줌 아껴 목돈 퍼주며

학벌 좋은 딸들이나

피붙이들 따라온 며느리까지
여자의 적敵이 여자라며
대숲 향해 소리칠 뻔도 했다

격렬하고 비열하게
마른 가지로 하염없이 누워서

복수復讎

- 요양병원 700일

단감나무 삭정이 부러지기 직전

곁가지 당겨 사뿐 착지하셨지요 꺾인 발등 우물로 슬
겅슬겅 닦아내던 그 청청한 육신 바로 지척입니다 찢어
진 고무신 잡히자마자 반짝반짝 변신시키던 매직의 손가
락, 그때는 몰랐습니다 '울 수 있는 공간'으로 영원히 남을
줄 알았는데

모난 돌이 정 맞는 거여

벙어리장갑 그 당부로 모가지도 댕그랑댕그랑 훗훗했
답니다 '참아야 한다' 겨드랑이로 쏟아지던 안도감 가득했
어요 그래요 어머니, 목도리 풀지 않겠다고 다짐하며 저
강퍅한 소용돌이까지 당신의 품에 녹였으나

이제 심장에 품지 않아요

늙은 아들 비문증 눈앞으로 날파리가 날아다니는 증상,
윙윙거리는 세월 수긍하며 기꺼이 보냅니다 날마다 마지

막 날짜로 삼았던 요양병원 또 하루 보내며 하느님, 당신
께 복수 다짐합니다

군청 서기 김현송

- 요양병원 733일째

군청 서기로 발탁된 김현송 소녀 이력이다 뜬돌면 첫 파마에 발바닥 15센티 올라가는 짧은 치마, 식민지 초유의 파격이다 신작로 남정네들 '예쁘구나' 바라만 보면서 감히 접근 못하니 월급 타면 집에 바치던 보람 너무 빨리 흐르던 차

아카시아 바람에 날리던 봄날
차부 옆 오꼬시 가게에서 한 입 넣는 찰나 대추방망이 주인아저씨 눈빛 수상하다 싶었는데 '내 동생이 소학교 선생이우. 스물여섯' 슬쩍 한 봉지 안겨 주는 덫에 걸려

스물셋 노처녀 시집간다
새 각시 혼자 '서울로 가고 싶었는디' 훌쩍훌쩍 흐느끼던 누다락 사연 땅속 깊이 꽁꽁 파묻었다 지지고 볶던 피붙이 신산辛酸의 70년 속절없이 또 흘러 흐르고

그해 4월 1일, 93세로 쓰러지더니 두 해 지난 봄날 다시 왔다 크고 작은 수술과 시술 실랑이 벌이면서 깊은 사랑 잦아지기도 했다 돌아올 수 없는 판결의 요양병원

휠체어 바퀴마다 봄꽃 가로막자
아, 어머니의 감탄사 딱 한 번 터졌다 간병인 소매 당기 며 '천천히요' 속도 늦추지 못한 게 종시 아프다 그때 만난 이팝꽃 단장 마지막 풍경이 되었으니

개나리 피었담?

- 요양병원 832일

개나리 피었담?

눈시울 잘름잘름 번지던 노모의 먹머루 사연 깜빡 놓쳤다 홀로 사는 외로움 세속의 톱니바퀴 물려 아차, 슬쩍 넘어갔는데

앰뷸런스 사이렌 터지면서 아스팔트 차량 쫙쫙 갈라질 때만 장쾌했었다 이팝꽃 열병식 스치면서 눈동자 마주쳤으나 '눈꽃처럼 하얗게 매달렸어요' 차마 말하지 못하고

요양병원 옮기던 그 날

철쭉꽃 붉은 행렬 머리카락 사이로 빠지면서 '아하' 감탄사 터뜨리신 게 마지막 봄날이다 지금 노모는 핏줄 흐르는 마네킹 832일째

일어나요 개나리 노란빛 천지니 맨발로 걸어요 용을 써도 돌아올 수 없는 다리 건넌 다음 그 다리까지 불태워버렸다 노인 병동마다 흐드러진 사연 지천으로 도배하고 싶다며

그래요 만질 수 있으니

- 요양병원 1460일

이승의 맨살 만질 수 있으니 행복합니다 아들의 혓바닥 정지될 때마다 모친의 그렁그렁 눈시울, 일방 소통으로

살아, 단 한 번도 던지지 못한 고백 연습 족히 수백 번 이상 되풀이했다 '사랑합니다' *끄억끄억* 터뜨리자 번지는 이슬로 답하신 노모

2024년 4월 1일, 드디어 5년 차 넘었다 마늘처럼 오똑하던 그미의 콧줄 식사와 관장 배설 밧줄 묶인 염소처럼 빙빙 돌며

목련꽃 화사하게 벙글어진다 '제발 만우절 기념 거짓말이었으면' 수수깡 살비듬 뚝뚝 떨어지는 4월의 봄바람 탓이다

도서관 이력 하나

사춘기 야간 중딩 남산도서관 진출로
후암동 미군 부대 뒷골목 계단 등반 이후
반백 년 넘은 출입 도정
초로 이후 자존의 뽀대 쪼그라들 줄
예상치 못했다 옆자리 동반자
줄어드는 대신 지적 사항 늘었다
글자판 놓치고 깜빡 잠들었다가
코를 골았나 보다 중년의 빵모자 하나
집에서 주무시죠, 노여움의 그 충고는
사연 축에도 끼지 못한다
책 보는 공간에서 컴퓨터 치지 마라
주차장 흡연 풍경 CCTV에 찍히더니
구두 밑창 찍찍 끄는 소리
움직일 때마다 역한 냄새 머리가 띵하단다
그래도 바람 부는 새벽 눈 비비고
도서관 납시는 중이다 컵라면에 식빵 하나
저물녘까지 충분히 버틸 수 있으므로

도서관 이력 _둘

가성비 가장 높은 이 시대의 피신처
무료입장에 음료수 주문도 없다
고희古稀의 출입 품격 얹어주는
활자판 토로도 가능하다 물러가라 친일파
간신배 나라는 희망 없다며
나 홀로 목청도 올릴 수 있다
포장집 목로도 노가다 취급
서울역 지하도에 라면 박스 울타리 치면
잠든 노숙자 경계에 서지만
여기는 훈장으로 호칭되는 유일한 공간
선생님, 저기 흡연 공간 보이지요
ㄱ자字 꺾어진 칙칙한 추녀
빗방울 바라보며 가능합니다
그 소리만 견디면 모두 오케이다
손톱 뜯으며 노트북 삼매에 빠지는
그는 천성적 도서관 체질이 확실하다

아직 거기 있는가
- 윤중호 시인 추모 20주년에 부쳐

마라톤 치달리던 스무 살 풍경 갈수록 진하다 반환점
지나 마지막 골인점 보이자마자 노루발 점프로 따라잡으
며 가속도 테이프 끊었다 막걸리 트로피 돌리며 달리는 남
행열차 철둑길 옆에서 취해 덩실덩실 곱사춤도 날리다가

흑석동 날맹이 달동네
서른둘 자취방 창호지 밀면 너는 대개 없었다 외롭게
쓰러졌다가 오줌이 마려워 눈을 뜨면 여명의 방구석에 엎
드려 원고지 채우기에 몰입하는 알전구 눈빛 카리스마 있
었다

행여 마지막일까
마흔아홉, 부슬비 내리는 영동 절터에 발바닥 비비면
서 사립문 서걱이는 소리로 두근거렸다 '날궂이 하냐?' 먹
머루 눈빛 만나 몸 둘 바 모르며 운명의 마감 예고했는데

공주시 우금티 선술집 배경의 쉰다섯이다 파전 한 장 뿍

뿍 찢어 '어여, 먹어' 여기저기 나눠주다가 다시 점방 평상
에서 이맛살 맞대고 궁싯댔던가 오줌발 날리다가 가로등
돌아보는 찰나 너는 없었다 갈갈대며 허리띠 묶던 네가 금
세 사라진 게 그리도 선명하더니

　　아프리카 서해안 마다가스카르 밀림 언덕 예순아홉이
확실하다 너는 야자수 가쟁이 긴꼬리원숭이로 매달려 쉥
쉥 날다가 바나나 껍질에 미끄러져 '꺙' 소리로 쿨쿨 코를
골았다 그렇게 붙박이로 떠나지 않다니

　　구천九天의 정영상 시인이 '지각생 왔다'며 반겨주던가
먼저 자리 잡은 이규황 만나 장대비 받으며 묵 내기 바
둑 두어 판 때렸으리라 이제 만다라 김성동 성님이나 신
경림 스승까지 합세했으니 이승의 구들장보다 더 훗훗하
지 않겠나

리스트

딱 한 곳 작가촌이지만

리스트 명부에 오른 건 코로나 탓이 가장 크다 서울행 술꾼 둘과 한판 푸는데 오후 8시에 셔터 내린다는 독촉에 '오케이 내 작업실로' 상남자 동행으로 마시고 피웠던가 어럽쇼, 싸늘한 새벽 공기 수상했는데

한 판 더 벌인 게 오버 액션이다 동거 작가 네 명의 호프집도 8시 코로나 마감되자마자 내 방에서 또 달리다가, 맞은편 명패 발견한 여성 작가 왈 '얘도 술 잘해' 두들긴 노크 거절당할 때까지도 까맣게 몰랐는데

그 후 두 달 내내 면벽 몰입했으나, 안타깝다 조신한 행실은 전혀 찍히지 않는 CCCV 선택적 공정 증명되었다 매운 반성으로 재신청할 때마다 늦가을 낙엽처럼 뚝뚝 떨어지더라는 지당한 업보 이야기

남루襤褸에 대하여

불심검문에 겁먹지 않는 건
수십 년 연륜 탓이다 대학생끼리 기타 치고
노래 부르던 대전역 젊은 날부터
신분증 부탁합니다
그 사내 하나만 딱 찍은 가죽 잠바 형사
불시착 요구도 이제 편하게 받는다
왜냐구요, 전문가니까

공주여중 국어 교사 비 오는 출근길
택시 기사 왈, 장마철에도 공사하냐, 물어서
제가 엄청이 건강해 보입니까
순발력 있는 대꾸 스스로 소문내면서
더 가까이 남루에 친숙해졌다

마찬가지다 자발적 귀양지 마라도 출정 직전
제비족 시인 기다리던 모슬포 포장집

그 뚱땡이 아점니 갸웃갸웃도 없이
밀감 따느라 고생이 많다며
순대 몇 점 주셨으니 아자자 땡잡았다

한남대 집회 때 나를 끌고 간 중부서 형사의
첫 질문이 '체육 선생이냐?'이다
국어인데요 대답하니까
혹시 시인이냐고 물어서 아싸, 호랑나비
춤이라도 추고 싶었다 김상배 시인은
시인과 노숙자가 같은 클라스라지만

고희를 넘보면서 더 여유로워졌다
치매 노인 찾는 전경에게 신분증 보여주는
그 사내, 이빨 틈새 휑하니 벌어지는 만큼
불의의 기습에도 넉넉해졌다
이런 일 앞으로 더 많아질 테니
입은 닫고 지갑만 열어야 할 때이다

오늘은 쓰러진 모친 병문안 다녀오다가
오그르르 줄지어 늘어선
동탄역 무료 급식소
노숙자 틈에 재빨리 붙어
컵라면 하나 받을까 망설이는 동짓달이다

묵은 총각 장가간다

묵은 삭신 김승구 신랑 입장 대기 중이다
열세 달 딸내미 으스러지게 껴안더니
목마 태우며 파안대소
식장 가로지르는 박수 소리
쫘악 갈라진다 양 입술 귀에 걸린
그는 숫총각은 절대 아니지만
설레는 첫날 밤 준비 중이다 바다 건너
하노이에서 세 시간 닌빈 어디쯤
버스와 비행기 번갈아 타고 온
동남아 그 여자, 돌 지난 피붙이까지
잠자리 날개옷 함께 걸친 채
사각사각 스치는 천사표 미소로
서른아홉 사내, 지금은
신랑 자리에 서서 보름달 신부 기다리니
세상에서 가장 든든한 웃음이다
신부 카펫으로 방긋방긋 소리 지르던

딸내미 고사리 손바닥 부챗살 흔들며
봄날 햇살 화사한 혼인 확실하다

4부

낭만에 대하여
- 진도에서 하나

목포발 상행으로 너를 보내고

무인 카페 등허리 붙이는 오후, 텅 빈 멘탈로 가라앉는 순간 앗, 칸막이 저쪽 웬 늙은 기타리스트 등장으로 쿵, 내려앉는다 가을에 떠나지 말라는 가수 최백호 노래에서 쉰 소리 찬바람 받은 낙엽 탓이 더 크다 차라리 눈 내리는 겨울에 작별하자며 잡은 소매 놓지 않는다는

옛날식 다방 배경으로 '낭만에 대하여' 이어지니 빼니 여자 삶은 달걀 팔뚝과 실없는 농담 도깨비방망이처럼 오르내리는 열정이다 그러나 어쩌랴 나 홀로 텅 빈 객석, 그나마 완행버스 시간표 달랑달랑 흔들리니 '팔리지 않는 내 시집'처럼 발걸음 떨어지지 않는다 시민들이여 여기 무명 가수에게 집중하라고 조바심하며

늦가을 사랑방 민화투 구경하던 문자 누나도 '울어라 열풍아' 끝내지 못한 채 흘흘 눈시울 적시며 뜨개질코 박았

94

었다 노랗게 떨어지는 은행잎 바라보다가, 이제 짐 내리고 똑딱선 갈매기 날갯짓으로 하얗게 사라지고 싶다 느리게 더 느리게

고라니
– 진도에서 둘

갯벌 포복으로 동죽조개 캐다가
그림자 스쳤다 백사장 달리던 초식동물도
사내의 눈빛 거슬린 것일까
줄행랑 멈추던 재빠른 촉수
쏟아지는 벚꽃 눈보라에 놀라
산딸나무 빨아올리는 밭은 신음
훔쳐 들은 것일까 갸우뚱 쫑긋대더니
수평선 노을로 사라진다
나도 그랬다 물방울처럼 통통 튀다가
더러는 부처님 손바닥으로 두터워지는
후덕한 인생 꿈꾸기도 했다
그러다가 시국의 노여움 활활 타오르면
목도 치고 살점 자르고 싶었다
갯벌 풍경 모두 아픈 첫사랑이다

유채꽃

- 진도에서 다섯

삼거리 이정표 사이 꼬부랑 노파
망망 바다 향해 치마 올리더니
아랫도리 맨살로 주저앉아
마른 비듬 몇 점 떨어지는 순간
방역차 시동에 가로막혀
보이지 않은 풍경 다행이다
새벽안개 걷어내면서
바퀴 사이 흐르는 오줌 줄기
유채꽃 점점이 적시던 4월

라면을 깨면서
- 진도에서 여섯

서울 간 아들 떠올리며 꺼낸 라면 하나
봉지째 바드득바드득 으깬 다음
끓는 물에 붓는 새벽 공복
더 세게 당겨, 손바닥 침 바르고
선착장 기지개 펴는 소리로
초승달 아래 샛별 지워지면서
갯벌의 하루 열린다
오줌이 마려워 일찍 일어난 새벽이었다

아들의 탄생

각서 한 장으로 목숨의 각角 세우던
그해 여름 태어났다
전화벨 울릴 때마다 몸서리치던
눈동자 떠올리며 분필 잡으면
단두대 눈금 철컹철컹 내려오는데
지금 빼지 않으면 모가지 잘린다
서해안 택시로 달려오신 부모님
새벽 초인종 장학사와 밀고 당기는 소리
그가 작성한 각서 펼치며
두 눈 감고 대리 도장 찍어누르는
굴욕의 스크린 벽 너머
쓰러진 척 분유통 바라보던
난세의 여름, 너는 경이롭게 태어났다

딸내미 웨딩드레스

젊은 아부지 유모차 당길 때마다
여덟 달 종아리 팔딱팔딱 흔들어서
아비의 사랑 느끼는구나
와르르 반기던 젖살 탄력 떠올리며

유치원 봉고차 떠나자마자 사무치는 그리움
목이 긴 노루로 하굣길 기다렸다
체험학습 단체 사진 펼치며
그 숱한 우윳빛 살결 모두 제치고
한 소녀에만 꽂히던 아비의 짝사랑 지나고

중딩 3년 꽃다운 소녀의 전교 1등 과목은
체육 실기 투포환이다
그 고래 심줄, 고딩으로 이어져
교내 여자 씨름 개인전도 먹었으니
아비가 취할 때마다 부풀려서 들추던

그 딸이 둥지를 틀었다 늙은 아비 손잡고
새신랑에게 옮기지 않고, 저 혼자
손 흔들며 파안대소 입장했으니
이제 아낌없이 지워야 한다
한 다발 퍼주고 하나만 받아도
애지중지 쓰다듬어 지켜야 한다

기우

딸내미 신혼여행 탄자니아 항공권 보며
늙은 아비 잠 이루지 못했다
소말리아 해적 인질극이나
야자나무 매달린 맹독의 송곳니
수직으로 꽂히는 환상으로
자다가 가슴 누르며 흑흑 숨 고르던
아비는 이제 꼰대가 확실하다
너를 업고 연세대 집회 진출
신촌 굴다리 계단에서 얼굴 싸매주며
최루탄 실습시키던 예전의 투사
지금은 아니다 격동의 자존감에서
둥지 다듬는 살림꾼으로 변신
시베리아 칼바람 막는 게 꿈이다
그 다부진 기획으로
임플란트 잇몸 수술한 저녁이다

주먹을 쥐면서도

- 40년 지난 고백 하나

여명의 문짝 소리 벌컥 일어서자
틈입자 눈짓 양팔 묶었다
영장은 있으신가요
묻지 못했다 신새벽 오라로 끌려간
아들 빈 자리 지키던
초로의 부모 떠올릴 겨를 없이
아스팔트 달렸다 간밤의 숙취 죽이며
노를 저어라 투사가 되는 거야
주먹 쥐면서도 배가 고팠다
당신의 자녀 노리는
의식화 교사 체포하다
이름자 박힌 조간신문 재빨리 덮으며
하루만, 아니 딱 한 시간이라도
잠들고 싶었던 청춘 있었다

나쁜 사람이 될 수 없어서

가장 만만한 계급장 찍어 초인종 누르던
그대들 구둣발 소리 뛰어들어도
나쁜 사람이 될 수 없어서

마루 밑창이나 비닐장판 홀러덩 뒤집으며
저 먼지 더께 증거물을 보라
머리카락 한 올까지 톡톡 털어도
절대로 나쁜 영혼 될 수 없어서

아주 작은 숨소리까지 족쇄 채우던
그 음험한 비탈길 지나
절망의 터널 잊혀질 즈음
구들장 등허리 딱 한 번 지지다가

따뜻해요, 아들딸 키우고 아파트 늘리며
경운기 심장박동 느슨해진

자본주의 약진에 화들짝 놀라면서
무료 지하철 경로석에 익숙해지면서도

골목길 후미진 구석 찾아 씨앗 뿌리며
다독이던 젊은 날 외마디 문장
붙박이로 지워지지 않는다
절대로 나쁜 사람이 될 수 없어서

비늘눈*

- 40년 지난 고백 둘

대한민국 사립 교육 그 어떤 현장에도
돈 내고 채용하는 법규는 없다
신군부 헌법에는 더구나 없다
그림자 밟아도 천벌 받는 스승의 몸
돈 받고 뽑는 건 어불성설이다
따라서 사립교사 채용 스토리
당신의 소설은 허위사실 유포다
그 선동으로 나라가 혼란스럽고
그 혼란이 적을 도와주는 이적행위다
88올림픽 3년 앞둔 안정된 시국에
아이들과 가깝거나 지나치게 친절한 스승
의심하고 또 의심하라
다그치며 동아줄 묶던 시국 있었다

* 1985년 필자가 무크지 『민중교육』에 발표한 단편소설 제목

2024년 그는

컴퓨터 그래픽 모르며 배울 가능성
1도 없다 오징어 게임 모르며
BTS와 방탄소년단 동일 멤버임을
지금 알았으나 또 잊을 것이다
딱 하나, 우영우 변호사 드라마는
자폐증 겹치며 조근조근 시청했다
그가 밤마다 껴안던 물레방아나
돌담길, 버드나무 징검다리
외골수 인생 좌표도 다시 바꾸었다
낮에 읽고 밤에 쓴다
쓴 글은 고치고 외워서 저장한다
경로우대증 무료 탑승으로
돋보기 확대경 완전무장한
그를 보려면 시립도서관 자료실로 가시라
당신은 '책 보는 남자'라는
부동의 석고상 만나게 될 것이다

그래도 유튜브는

나이 서른 때 운전대 거부 공표했다
자동차 숫자대로 도로 뚫리면
이 땅의 절망 돌이킬 수 없다
빙하가 녹아 수렁 된 지구촌
굴착기 굉음 뚫릴 때마다
안 된다, 안 된다며 어금니 갈았다
핸드폰 피하고 이메일도 차단했다
자전거 출퇴근까지 기세만만했으나
자본주의 정교한 시스템
넘지 못했다 승용차 얻어타며
여기까지만, 한 발자국 물러서다가
마침내 핸드폰 소지했으니 운전 빼놓고
죄다 투항한 셈이다
지금은 유튜브 중독자로 변신
울고 싶으면 '이산가족'이라고 친 다음
눈물 펑펑 쏟는 올드보이 신파로
단순 우직하게 늙는 중이다

찔리긴 하지만 이미 중독 상태다

원추리꽃

유년의 도덕책 사연 하나

어미 좇아 금단의 수풀 헤매다가 불쑥 가로막은 따발총 앞에서 '저기 넘어간 게 우리 소예요' 소년의 겨드랑이로 인민군 눈초리 스치는 찰나 웬일일까, 말뚝 뽑힌 누렁소 음메 소리 가까워지더니 '돌려보냈어 울지 마' 저 멀리 언덕바지 북녘 남매, 흔들리는 원추리 노란 손바닥으로 삼팔선 느슨하던 열여섯 시국 실제로 있었고

해방 직후 사범학교 졸업반 전줏모 스승

열여덟 사연으로 처연하게 이어진다 연천 지나 한탄강 시원始原 평강 물살 적시며 김성 오솔길 흔들리는 꽃대궁으로 숨어 마침내 춘천사범 교원자격증 손에 쥐고 다시 철조망 넘어 평생 분필쟁이 이력 팔았단다 '평강은 지금 북이지만' 눈시울 자르르 적시면서

돌아온 누렁소 애지중지 키워

묵정밭 쟁기 끌다가 송아지 두어 배 낳았으니 효자표 칭송이 맞지만, 회색빛 앞날 걱정하던 전全선생, 단단히 결심하며 큰아들 등록금 되어 우牛시장으로 작별하는 세월 보냈는데

그 옛날 울보 소년
쇠해질수록 눈이 더 여려졌다 진노랑 가을꽃 하늘로 옷고름 풀 때마다 이산가족 스크린 떠올리며 눈곱 비빈다 반백 년 지나고 또 몇십 년 흘렀을까 북녘땅 그 남매 그 화사한 붙박이로 매달리니 질긴 피붙이 인정이다 딱 한 번만이라도 둥근 밥상 이맛살 맞대고 더운밥 차려주고 싶어 가쁜 숨 다지며

초성리 1978 둘

- 소리

수류탄 조각 하나 허벅지 통과하며
의가사 제대한 김 상병의
옛 전우 찾는다는 춘삼월 면회 파발
두렵지만 보고 싶다
심장박동 두근두근 소리
위병소 의자에 목발 세우며
괜찮다 괜찮다 파안대소 터칠 때마다
개나리 노란 색소 허공에 번지는데
제대 날짜만큼 키운 머리카락
서걱이는 숨소리로 가슴 문지르면
주인 잃은 관물대 챙기다가
심장 누르던 군복 소리도 들린다
봄 햇살에 밀려 잦아들 때마다
들린다 초성리 막사 버드나무
손가락 펴며 뽀드득뽀드득 물오르는 소리

초성리 1978 _셋
– 한탄강

빨래 대야 머리에 인 직업 군인 아내들
징검다리 귀갓길 사위어간다 굉음의 완행열차 비비교*
스치면서 초병의 눈빛 아주 잠깐 시렸다 술렁이는 강물로
거품 몇 점 팔딱이는데

박 병장의 말년 휴가
고무신 꺾고 시집갔다는 첫사랑 여자의 속살 두근두근
떠올리며 건빵 세 알마다 별사탕 하나씩 마른 목 적셨다
아랫배 긁을 때마다 기적소리 점점이 잦아드는데

청바지 예쁜 여대생들이 왜 데모를 할까?
침묵의 강_홋 이병, 식민지 신여성 나혜석의 용산역 떠올
리며 '파리역 티켓 한 장'으로 동문서답 들이민다 폭설에
뒤덮인 시베리아 횡단 열차 야생마처럼 선명한데

* 전곡과 연천 사이 한탄강을 이어주던 1978년 다리 이름

대대본부 회식 가락 잦아들면서 어느새 새까만 정적이
다 배꽃 떨어져 제대하면 중매로 둥지 튼다는 말년 병장
청사진 소쩍새 울음으로 지워지더니 한번 떠난 열차는 초
병 교대까지 돌아오지 않았다

초성리 1978 넷
- 어느 초병의 이야기

해남 출신 김해수 육군 일병 김 일병은 스물아홉 유부남
느리고 낙천적이다 유월 땡볕 유격장 훈련에도, 좋다 좋아
얼마든지 돌려라 작대기 두 개 쫄병이거나 말거나 아가위
눈빛 딸내미 떠올리며 함박웃음이다

10킬로 구보 낙오 전문가 여섯 달 만에 벗어나 전곡 반
환점 너끈하게 완주한 짬밥 위용으로 남은 세월 견딜 만하
다 저 제인 폭포 용트림 가로지르는 출렁다리 세워 언젠가
한갓지게 걸어보자며

밤 열한 시 한탄강 칠흑의 초소, 작대기 하나 후임 강
이병과 등허리 맞대다가, 이제 초병 교대 다가오는 적요
한 자정에 강물 한복판으로 우정의 오줌 포물선 동시 발
사 중인데

유곽 찾는 숨은 그림으로 담장 넘던 취사병 김 병장 딱

걸렸다 그가 내민 임연수 튀김 뜨끈뜨끈 뇌물 봉지 밀쳐
내며 '징검다리 건너면 체포합니다' 오줌 지리는 경비 태
세도 보였는데

  자귀나무 붉은 꽃 기총소사로 번지는
  늦여름 외출 동막리 점방 참한 새댁 만났으니 전생에 나
라 구한 팔자가 맞다 제대 후 청산 건어물 가게 주인으로
변신하여 지금은 일곱 살 손녀 소매 끌고 전곡 선사박물관
입장권 끊는 중이다

고희의 날을 벼리며

안면도에서 가까운 적돌만 바닷가에서 유년을 보냈다. 도비산 상봉으로 떠오른 해가 서쪽 백화산으로 저물던 그 자리이다. 서해안 어디쯤에서 헤엄을 치다 보면 백화산 꼭대기로 넘어오던 노을이 시나브로 수평선을 덮었다. 종아리 소금 더께를 털어내다 보면 초가집 굴뚝마다 밥 짓는 연기가 몽실몽실 피어올랐다. 아름다웠으나 표현 방법을 몰랐다. 심약한 가슴이나마 무탈하던 소년 시절이었는데.

6학년 어느 초가을, 그러니까 1968년 9월이 맞다. 아버지가 교실 문 열고 나를 부르시더니 서울행 완행버스에 몸을 밀었다. 그 후 청파동 후미진 그늘에서 셋방 사는 서울 유학생으로 변신하면서 그때까지 몸에 익었던 모든 시스템이 바뀌었다. 야간 중학교에 다니면서 강박증이 더욱 깊어졌다. 배가 고팠다. 연탄불이 꺼지면 무조건 굶었고 올빼미 수업이 끝나면 종로구 무교동에서 용산구 원효로까지 도심지 밤길을 걸어가며 차비를 아끼기도 했다.

더딘 사춘기 때문에 힘이 들던 기억도 있다. 그때 중등학교는 키 순서로 번호를 매겼는데 학년이 바뀔 때마다 앞자리로 배치되었다. 사춘기가 늦게 오면서 3년 동안 달랑 7센티만 큰 것이다. 방학 때 고향에 올 때마다 눈에 띄게 확연해진 벗들의 성장 속도를 보며 두근두근 심장박동을 눌렀다. 가슴이 봉긋해진 고향의 소꿉친구들이 느리게 크는 내 몸을 만날 때마다 갸우뚱했었다. 향수병에 시달리면서 성적이 조금씩 떨어지는 대신 날마다 일기를 썼다.

> 고두리 바다 낚시질 가던 사내
> 조개잡이 열아홉 여인과
> 갯벌 외길 비켜서다 맨살 스쳤네
> 실오라기 안부도 나누지 못한
> 그 사내, 새도록 막걸리 사발에 몸 담그고
> 그 아낙, 새도록 뜨개질에 빠지던
> 격렬비열도 은밀한 사연
> 심장박동 누를수록 빨갛게 사무치는
>
> ─「해당화」 전문

스무 살 후반 황산벌 어디쯤 여고의 총각 선생이 되면서 몸이 허공 15센티쯤 떠다니는 느낌이었다. 이상하다. 대학 시절에 여학생들의 눈길을 받았던 기억이 선명하지 않았는데 갑자기 인기 스타가 된 것이다. 바쁘게 움직이는 만큼 할 일이 많아졌다. 풋보리 소녀들의 눈길을 의식하면서 좋은 선생이 되기 위해 몸을 다지던 가장 행복한 시절을 보냈던 것 같다.

그러다가 85년 여름, 학교를 쫓겨났다. 무크지 『민중교육』에 발표한 단편소설 「비늘눈」이 필화사건에 연루된 것이다. 그해 8월 12일 ㅈ신문에 발표된 내용은 '지방대 출신 졸업생이 사립학교에 취업하려다가 금품 요구에 임용을 포기함'이라고 적혀 있다. 그게 '허위사실 유포이고 나라를 혼란스럽게 했다'니 어이없는 조작이다. 소도시가 발칵 뒤집혔고 신새벽 구두 발자국 소리와 함께 승용차에 실렸다. 그렇게 여름방학이 끝나고 개학식이 되던 아침 나는 담벼락 뒤에서 '새로 오신 선생님' 부임 인사를 훔쳐 듣고 있었다.

그대여 우리들이 지쳐 힘이 빠질 때마다
고개를 들어보자 더욱 멀리 보기 위하여
어깨를 기대보자 다수움을 찾기 위해
낮달로 이어지는 새벽별이 올 때까지
파고드는 온기로 기다려보자
아직도 우리들은 우리이어야 하기에
눈빛에 남아 있는 행복을 더듬으며
두 뺨에 남아 있는 희망을 떠올리며
그대들의 깡마른 가슴에 불을 지피고
믿음으로 지켜보는 등불이어야 한다

해직 교사가 되면서 몸의 구조가 공격형으로 바뀌었다. 나이 서른, 그제야 지하실에서 유인물을 만들고 거리의 스크럼에 끼어 목청을 올렸으니 늦깎이 운동권의 입문이다. 마침내 신군부 정권의 철옹성이 무너지고 직선제 개헌을 쟁취하던 날 '도도한 역사의 흐름을 막을 수 없다'며 확신도 했다. 3년 8개월 만의 복직을 하면서 바뀐 몸값을 체감하던 즈음까지이다.

두 달 후 1,550여 명의 스승들 목이 우수수 날아갔다. 교사가 노동조합을 세우는 게 불법이므로 각서를 쓰면 살려주고 끝까지 버티면 목을 날리는 황당 사태였다. 그날 밤 초인종이 울렸고 멀리 서산에서 택시를 타고 오신 부모님과 하급 관료와의 두런거리는 소리를 죄다 들었다. 만들어진 문서에 도장 찍는 스크린을 벽 너머 떠올리며 나는 술에 취한 채 일어나지 못했다. 그렇게 두 번째 해직은 피했는데.

출항의 닻 올려도 손수건을 흔들지 않는 그대
고깃배 따라간 사람들 그믐달로 돌아오더라도
분연히 일어서지 못하는가
버릴 수 없는 그런 갈망의 그림자들이
제련소 굴뚝마다 무시로 눈물 솟구쳐서
기적소리 터칠 때마다 기우뚱거리기도 하면서

- 시집 『하이에나는 썩은 고기를 찾는다』의 「군산횟집
  앞에서」 부분

단두대에 목을 내민 건 부채를 털겠다는 부담 때문이다.
글쓰기보다 세상을 바꾸는 게 먼저라는 당위성이었다. 밤
마다 어금니 갈아마시며 징계위원회에 세 차례 출두했다.
언제라도 학교를 다시 떠날 수 있다는 긴장의 나날이 이어
지면서 날마다 기도를 했다. 신호등 앞에서나 햇살을 받으
며, 더러는 통근 버스 안에서 두 손을 모으며 심장을 다독
다독 다스렸다.

그 와중에도 아들과 딸이 무럭무럭 성장했으나 감사한
일이다. 집회 현장과 숙직실, 회식 자리까지 따라다니며 고
사리손에서 망아지 발굽으로 달궁달궁 몸을 키우는 것이
다. 특히 도서관이 가장 가성비가 좋은 공간이었다. 나중
얘기지만 아들이 '어렸을 때 엄마, 아빠 따라 도서관에 많
이 다니면서 책 보는 게 익숙해졌다'라고 회고해 주었다.

아무 일도 일어나지 않았다 싱크대 틈새기로 빠져버린 참
기름 병뚜껑 그 사소함에 온 세상 우지끈 뒤집어지는 사
태일 뿐이다 동굴 속에 안주하던 온갖 잡동사니들 '틈입
자 빗자루'와 맞붙으며 아우성이다 먼저 썩은 행주 조각
이 모서리에 발목 묶인 채 안 된다 나갈 수 없다며 이를 옹
문다 이번에는 식칼로 바닥 긁기다 사이다 병 뚜껑이 뽀

얀 먼지 뒤집어쓴 채 '아아, 형광등은 너무 눈이 시려요' 옷
고름 부여잡고 얼굴 붉힌다 마지막으로 효자손 갈퀴질이
다 찌그러진 볼따구 지긋대 삼아 치켜 올린 둔부 색깔이
빨갛고 검은 짬뽕빛이다 모가지 힘줄 때마다 우두둑 이
를 갈지만 녹슨 젓가락 하나 토해냈을 뿐 딸깍딸깍 밀려
만 가는 병뚜껑

동트는 새벽, 밥고리 찾아 출근길 허발나게 달리자 삼월
아침 하늘 뚜껑이 열려 대설주의보가 내렸던 날이다
                     – 시집 『꽃이 눈물이다』의 「꽃샘눈」 전문

　한때 도서관 중독자가 되려 했다. 머리로 안 되면 몸으로
때워야 한다는 지론으로 몸을 의자에 붙이고 엉덩이 싸움
에 돌입했다. 고스톱, 당구, 영화, 여행, 운전, 핸드폰을 베
란다 너머 던져버려야 내가 산다고 믿으며 또 실제로 바쁘
게 움직였다. 문어발 뻗어 집안 살림도 챙기면서 도서관과
쏘주잔만 옆구리에 끼고 살던 시절이다. '불안을 머금고 약
진하는 자본주의' 시류에서 그나마 밀폐된 자부심을 누릴
수 있는 공간이었지만.
　문제는 소통이다. 언제부터였나, '자신의 몸 만들기'에 몰
입하다가 벽을 만났고 더러는 단절의 실상을 쓸쓸히 받아
들여야 했다. 그랬다. 나의 지난한 사연들은 든든한 바람막
이가 되기도 했고 더러는 무너지는 절망으로 길을 막았다.

그럴수록 글과 합체하는 삶을 운명으로 받아들였다. 그 난
경을 활자로 풀어내는 과정은 쓸쓸하면서도 실상을 디테일
하게 음미하는 특권이었는데.

　　자 덤벼라 자신만만 포즈 잡다가
　　가로등 그림자에 막혀
　　꿩처럼 머리 박고 엉덩이 돌리는 변신의 귀재
　　그러다가 눈 깜빡할 사이에
　　세상을 뒤집는 기형 물건
　　심장박동 횟수가 1초에 지구 세 바퀴는 돈다

　　그래서 인류를 둘로 분류하면
　　하나는 호모사피엔스이고
　　하나는 호모중딩사핀엔스가 된다 할 말 있나?
　　　　　　　　　　　- 청소년 시집 「호모중딩사피엔스」 부분

　　나는 초로가 되었다. 세월이 빛의 속도로 흐르더니 등이
굽고 머리칼 빠지는 사이에 알파고가 인간의 뇌를 삼켜버
렸다. 어른들은 빨간 신호등에 걸릴 때마다 클랙슨 빵빵 누
르며 분노를 터쳤고 아이들은 스마트폰 그물망에서 헤엄치
고 있었다. 내가 첫 발령 때 가르쳤던 소녀들이 수탉 같은
장년이 되었는데 바로 그네들의 아들딸들과 씨름하는 중이
었다. 세월의 간극을 메우느라 밧줄을 당기다가 문득 '늙었

다'라는 상념이 머리를 딱 때렸다.

그러면서 '청소년 시'를 떠올렸고 계절 내내 매달렸던 게 참으로 다행이다. 그런데 또 이상했다. 글판 수십 년의 새로운 시도로 봇물처럼 쏟아지던 감성이 시집 한 권으로 완성되는 찰나 모든 감성이 절벽처럼 끊어진 것이다. 조화스런 사단이다. 깊은 사랑이 사위어 가기 전에 다시 한번을 벼르기도 하면서.

마을에는 바다가 있었다 격렬비열도에서 가장 가까운 리아스식 해안은 그림자끼리 꾸불텅꾸불텅 커다란 호수처럼 출렁거렸다 이 세상 모든 바다가 옆구리처럼 붙어 있는 줄만 알던 즈음이다 세 살 많은 동급생 최윤희네 뒤란이나 딸부자 김재련에 마당에도 파도가 흰 이빨을 드러내었고 소년의 외갓집이나 당숙네 대밭에서도 언덕바지만 넘으면 해당화 홍자색이 하늘로 번지곤 했다 망둥이 잡던 악동들 겁도 없이 고두리 해안선까지 개헤엄 내기 걸 때마다 외톨이로 쪼그려 앉아 조마조마 구경하던 물빛 풍광이다 푸른 빛 맞닿은 저쪽에서도 누군가가 황혼의 파도 울멍울멍 바라볼 것 같아 소년도 똑같은 자세로 웅크려 있어야 했다 나는 '바다'가 모든 것을 '받아'들이기 때문에 그렇게 이름 지어진 줄 알았다

– 시집 『사랑해요, 바보몽땅』에서 「바다라는 이름 전문」

125

해마다 책을 내면서 언제부터였나, 스무 권을 훨씬 넘겼다. 36년 훈장의 마감인 정년퇴임을 의식한 면도 있지만 조급증 탓이 더 컸을 것이다. 그랬다. 책을 출간하고 일정 시점이 지나면 또 새로운 출산에 대한 금단현상에 시달렸다. 결혼 생활의 절반 이상을 주말부부로 지내면서 새벽마다 도서관 면벽 두 시간을 거친 다음 출근을 했다. 쏜살처럼 흐르는 세월에 그런 식으로 끼어들며 보내는 게 지당한 줄만 알았다.

> 늙은 아낙 틈에 끼어 호미질하던 사춘기 복자는
> 방통대에 진학하여 시인이 되겠다는 금자는
> 짝사랑 쪽지 아홉 통 받고도 가슴을 열지 않던 새침떼기
> 미순이는
> 방직공장 삐라 뿌리다가 퇴학당한 부설 학교 금자는
> 세숫대야에 화염병 나르던 탈춤반 아연이를 떠올리며
> (중략)
> 오피스텔 성매매하다가 함정단속에 걸려
> 옷 입을 동안 나가 계세요 방심한 사이
> 12층 베란다에서 통째로 알몸 던진 그미
> 대밭집 명희가 틀림없다 꺼이꺼이 울던 새벽이었던가
>   - 시집 『다시 한판 붙자』의 「라떼는 말이야」 부분

빙하의 숨소리를 듣기 위해 흙바닥에 엎드린 채 귀를 기

울이기도 했다. 밤 기차 소리와 함께 전신주가 스쳐 지나갔고 미루나무에 오르던 봄물들이 어느새 늦가을 낙엽으로 뚝뚝 떨어졌다. 지금은 고희의 문턱을 넘지 않기 위해 안간힘이니 빛의 속도로 흐르는 세월에 발목을 걸고 싶은 것이다. 벗들이 떠날 때마다 스마트폰 번호를 지우는 몸짓도 지금은 익숙하다.

등이 굽고 잇몸이 흔들리더니 인생의 시계추 밤 아홉 시 언저리이다. 한반도에도 열한 명의 대통령이 바뀌면서 이제는 '아, 내가 그들보다 늙었다'는 상념으로 몸을 새롭게 성찰한다. 서두를 일이 없다면서도 밤마다 고희의 날을 벼리는 것은 타고난 체질 탓이다. 배추 뿌리 뽑아낸 자리마다 억새꽃 하얗게 날리는 계절이 오리라.